我把生活忙成了春天

陈昂　著

百花洲文艺出版社
BAIHUAZHOU LITERATURE AND ART PRESS

图书在版编目（CIP）数据

我把生活忙成了春天 / 陈昂著 . -- 南昌：百花洲
文艺出版社，2025.1. --ISBN 978-7-5500-5874-3

Ⅰ . I227

中国国家版本馆 CIP 数据核字第 2024K8D569 号

我把生活忙成了春天

WO BA SHENGHUO MANG CHENG LE CHUNTIAN

陈昂 著

责任编辑　许　复
装帧设计　湖北新梦渡传媒有限公司
出 版 者　百花洲文艺出版社
社　　址　南昌市红谷滩区世贸路 898 号博能中心一期 A 座 20 楼
邮　　编　330038
经　　销　全国新华书店
印　　刷　武汉鑫佳捷印务有限公司
开　　本　145 mm×210 mm　1/32
印　　张　8.75
字　　数　28 千字
版　　次　2025 年 1 月第 1 版
印　　次　2025 年 1 月第 1 次印刷
书　　号　ISBN 978-7-5500-5874-3
定　　价　88.00 元

赣版权登字 05-2024-402

网址 http://www.bhzwy.com
图书若有印装错误，影响阅读，可与承印厂联系调换。

目 录

我把生活忙成了春天

同第二十三颗星星

道一声：晚安

抛却白日的琐碎与忙乱

享受夜晚的恬静与悠闲

你说你被生活折磨得疲惫不堪

我说我把生活忙成了春天

早睡早起早餐

花信白云清泉

在十万盏口味各异的花茶里

寻一朵最娇羞的牡丹

此时生活给予的所有苦难

都是他日人生百花园里的花冠

春来草青

我要到姹紫嫣红的春天里

看八百朵桃花盛开

用美丽美丽自己

如果这时吹来一点冷风

我会更加沉迷

没有站在春天里的人

无法理解冬日远去

清风徐来的舒爽与惬意

我爱万物一如爱我自己

不远处的草丛里

几只白兔

用笑容遮掩春来草青的欣喜

春来人间欢

从一扇窗

看向天空和大地

万物惺忪

一切看起来舒适惬意

如春风中的薰衣草

画眉黄莺布谷鸟

苏醒的蒲公英

堆雪人的孩子

以不同的形式向春天报到

雪夜的静美

只有经历过的人

才能真正读懂

春来人间欢的美妙

飞往春天的羽毛

想你

春天便摇动风铃

你是我心中最美的小鸟

我想带你去寻找

飞往春天的羽毛

思念的夜晚静悄悄

一朵大如山岳的向日葵

爬上天空

化身月亮和繁星

黑夜让人间变得热闹

春天的旁观者

金衣公子飞上桃树的枝头

桃花便开在了溪水里

天地万物

用不同的方式

传递春天

以旁观者的身份

看懂深藏在夏天的高大树木

一把把遮阳的绿色大伞

才是人间的春天

在喜马拉雅手绘一个春天

在喜马拉雅手绘一个春天

为冰封千年的雪域

换一种容颜

在无声世界

假想时光的变迁

日月星辰山川江河

万物生灵自得其乐

闯入春天的秋风

淅淅沥沥的小雨

在大河里漫游

相思鸟窃窃私语

世界变得温柔

小火慢熬的春天

吹来一阵秋天的风

美好的故事

理当有一个美好的开头

百花盛开

山茶花是理想的爱

薰衣草是对爱情的等待

百花在风中摇摆

花香扑鼻而来

多姿多彩的生活

人心各有感慨

有欢喜有悲伤有无奈

花朝节

百花因爱盛开

阳光明媚的午后

我和你共赴花海

人心各有所感

春天翻过一座山

变成了秋天

从颜色上看

好似有很多不同

又好似没有任何改变

水还是水山还是山

月亮藏进云里

太阳躲在明天

今夜人心各有所感

我们一起见证着世间的荒诞

雨水中的春天

冬以雪霜冷寒的形式

奔走道别

春天如一朵朵小花

悄然盛开

雨水滋养万物

这世间的一切生灵

都变得舒缓轻快

水从山上来

在九千里冬风离去的地方

春天向我们走来

春　分

斗指卯太阳直射赤道

阴阳相半昼夜平分

残枝和嫩芽完成了生命的交接

雪和雨和解融入江河

纸鸢翩飞

用一个季节守住时间

在山水间互诉衷肠

走过春兰和风信子

身上便有了大自然馈赠的花香

人间清明

清明让世界变得安静

安静不是鸦雀无声

是一切井然有序地进行

美好的事情

总在美好的时节发生

生活最难得的是清净

人生最难求的是清醒

清明春祭思时之敬

日月之光高洁透明

思来处明目无惑

看归途坦然自若

人是穿梭于天地间的过客

世本无物无念无我

十里之外的土丘

在风中为众生解说

大山小山一座一座

水从天降一条河流进一条河

毫不相干的葡萄和梨

是人和动物皆可取食的水果

谷 雨

暮春天地交合

送人间一场雨

大地深处的根须

宛如烈马

充满向上的力

庄稼由淡绿变深绿

雨生百谷滂沱大气

无私地赋予万物生机

包容的时节

世界因不同而美丽

绿荫大地

夏季撑起了巨大的伞

春天向幕后走去

往后的每一场雨水

都有特别的意义

立夏见新

阳光热烈如火

把世界点燃成一片金黄

不知名的小虫在枝头奏响乐章

为夏日增添无尽的悠扬

枣红色的骏马奔向人间

春天挥手告别

红色的太阳发着金色的光

黄色的月亮白得发亮

立夏见新万物繁茂

花凋零果初长

麦穗在田野灌浆

小满未满

保持谦逊

才能不断成长

小满未满

麦穗微微泛黄

低垂着头颅把生活思量

人生不是一味地追求更多

而是要懂得知足常乐

用涉大川道之大德

慢慢适应

世界的广阔与娑婆

芒种时光

弯下腰

置身于滚滚麦浪

那一片金黄的海洋

是收获和希望

芒种时节

每一颗麦粒都是幸福的模样

它们在阳光下闪耀

释放璀璨夺目的星光

麦穗沙沙

是辛勤耕耘的回响

春种夏忙秋收冬藏

人间的每一个季节

梦都在生长

夏　至

夏为大至乃极

在无限可能的节气

拒绝慵懒和无力

夏至已至万物炽盛

夜晚的风

是自然给予勇士的奖励

雷声大作倾盆大雨

无需躲避

勇敢地迎接

在困境中磨练自己

热爱夏天的人无所畏惧

斗志饱满热情洋溢

美好的时光当向阳而立

愿从今日起

风更清凉生活惬意

人间每一天都有好消息

小述小暑

小暑时节

存在感略显不强

不像大暑那般酷热

也没有芒种于农家的分量

小暑的雷声忽短忽长

风站在云上

流萤飞舞蛙鸣荷塘

小暑让洒向大地的阳光变得具象

新藕初成瓜熟果香

小暑有小暑的惬意

小暑风景别样

小暑是神关于人间夏日的假想

大暑小记

坐在树下

绿叶筛下细碎的时光

于大暑深处

看见另一个世界

空中的蝉鸣

应和着池塘里的蛙响

两种不同的语言

交织出不同的夏日景象

大暑时节

存一份悠然与清凉

泡一壶伏茶

配上新采的莲蓬

去燥去热

心神愈发安宁

耳目愈发明亮

端午粽叶香

端午的阳光

洒在青青的粽叶上

映照出千年的时光

汨罗江的水静静流淌

龙舟竞渡众人划桨

是对美好未来的期望

也是对先人的追念与敬仰

现代人忙碌的身影

穿梭在人海茫茫

端午是一个短暂的停顿

让人心变得安宁

让眼睛变得明亮

端午粽叶香

粽叶包裹着的不只是糯米

更是人间的欢喜与悲凉

点亮星星的人

当你幸福地微笑时

我因无法让你更开心而忧伤

悲悯之心

如暗夜里的萤火之光

虽然微弱但也明亮

我渴望自己拥有更多的能量

不是为了满足自我的私欲

是为了帮助更多的人

走出无助和失望

天上的一万颗星星

代表着一万个愿望

祥和静谧的夜空

挂满了对人间的美好想象

"哦"与微笑

"哦"是时间的低语

世界不再沉默

微笑是美丽的花树

疲惫的灵魂寻得归宿

迷茫的眼眸不再模糊

"哦"与微笑

抚平他人的伤痛

驱散自己的烦恼

人活一世

有太多说不清道不明的事物

"哦"与微笑

是治愈人间的良药

"哦"与微笑

是世间最美的符号

桃花盏

春天飘落在窗前
南平的桃花盏
装不下我对你的思念
窗外的星星忽明忽暗
思绪在不停地往前赶
曾经不珍惜的人和事
如今要在梦中寻找
一觉醒来
只有相思没有相见

古树有道

风雨来临

森林里的古树

护着柔弱的花草

内心莫名酸楚

大地之上的热闹

是一波又一波生灵的喧嚣

见众生辛苦

有些事情便不再感觉可笑

道不可道光而不耀

寂寥是天地的常态

心境孤独

是一个人最大的福报

山河新梦

曾经有些想要不可得

而今山是山河是河

人生起起落落

梦想如流火般闪烁

在生活之外审视生活

当你足够富有

便不再贪婪那些红红绿绿

于喧嚣的城市中

更向往乡野的悠然自得

大千世界地大物博

我们需要的并不多

只有心是新的

才能让自己快乐

山河有灵

人生如同修行

忙碌无趣的生活

容易把灵气消磨干净

生命没有必要趋于相似

每个人对完美的认识并不固定

山河有灵

水不能浑浊人贵在清醒

智慧的人

活得简单知足

在大千世界中活成了风景

山河大雁

繁华的人间是一掠光

心里的世界

住着画一样的梦和希望

大雁闭着眼睛飞翔

把美丽的风景背在身上

在山河之上游荡

潇洒得超出了常人想象

山若流沙

水从天空落下

地面变成奔腾的河流

采九片枫叶做一把雨伞

摘一朵红花吹响喇叭

世间哪有那么多的高山要跨

变强变大

高山便是我脚底的流沙

黑夜白雪

这世上有两种景色

白雪和黑夜

白雪来时

万物都妆作白

黑夜降临

娑婆世界只剩下黑

太阳总爱还原自然

即便如此

人间总有一半属于黑夜

四季总有一个季节留给白雪

故宫的雪

故宫的雪落在了紫禁城

铺满雪花的台阶上

一只喜鹊正在琢磨春天

太和殿六百年前穿越而来的雪

让人肃然起敬

黄瓦红墙丹陛脊兽

身披银纱的古老皇宫

亲临其境的自然之景

让我们读懂了字典里的恢弘

临年看雪

有些地方花开正艳

有些地方雪落如山

这并不影响

我们在等待着同一个新年

年真的近了

有些人和事变得离我们更加遥远

过去是永远的过去

昨天已留在昨天

内心深处的思念

只能是思念

从梦中走来的雪人

和月亮互道晚安

一个树根　一团泥巴

几片山上的树叶

便是一间茶舍

窗外渐渐隆起了一层层白

孤寂的夜

堆个雪人陪着

笑醒的瞬间

失落的眼睛变得忧伤

忧伤的眼睛变得湿热

雪不仅下在了梦里

也下在了梦外

这最容易消失的可人儿

竟然从梦中

走进了现实生活

暮雪晚归

白云从天而降

一朵朵雪花向我走来

在绵延起伏的大地上

接踵而至的雪人

奔走相告

远方叶落枝败的榆叶梅

并未枯萎

只等一阵风

我飞身用双手捧住

却不知道该如何挽留

车过安源

车过安源
与世外桃源擦肩
青山　花海　肥田
眼中竹木葱茏
耳畔甘泉潺潺

车过安源
总感觉时光短暂
金螺峰　乌龙山　鹅湖园
我没来得及赞美
安源早已赠我诗篇

车过安源
满眼的喜欢与留恋
喜欢这座城市的诗意
留恋安源人情的温暖

喜欢烈酒也喜欢糖

相遇于

一杯酒都能玩出花的年纪

此刻所有的美好

藏在羞涩的笑容里

喜欢烈酒也喜欢糖

随性起舞路灯昏黄

超越了美超越了想象

我们生活在同一个世界

每个人却各自不同

来来往往

有人选择了模糊

有人选择久久不忘

慢慢熬

南雁北归

等一株麦穗成熟

慢慢熬

不是痛苦的煎熬

是花开有时

静待来日的美好

世间风物

需要我们耐心地等待

慢下来　不急不躁

在孤独的日子里

看到往昔未曾发现的美妙

向深山走去

黑夜已然来临

星星却没有丝毫困意

当你向往登上绚丽的舞台

我选择向深山走去

那里有甘泉　山花

那里有清新的空气

理想之外

无风的夜晚

有梦想也有失眠

一个人徘徊在街头

脚未向前

时光却渐行渐远

过去有迷惘有回忆有留恋

未来在眼里在心间在手边

光阴搁浅　星河祈愿

不经意间触碰了奇迹的萌发点

感恩母亲

由一粒种子

变成辽阔的草原

每一棵破土而出的小草

都留有一个伤口

母亲节

我们用一天的时间感恩母亲

母亲却用尽一生

将母爱贯穿于生命的始终

母爱是生命的火焰

母爱是沐爱的长河

母爱的伟大

源于地势坤的温润与包容

如阳光雨露

滋养万物生灵

昨日之你

天空趴下

云开始行走

我每一次想你

便有一颗流星划过天际

日月轮回黑白相合

远途近景里

鱼尾的每一次摇曳

都困醒一个路人

夜 画

夜一点一点往上爬

飞鸟在天空涂鸦

用云的舞蹈

诉说风的潇洒

星星用望远镜窥探人间

那些明媚的眼眸

颗颗温柔典雅

帝企鹅

白茫茫的世界

孤独静寂

接踵而行的生灵

在暴风雪中完成生命的洗礼

天与地的寒意

帝企鹅从不放在心里

心中燃烧着火焰

在背过暴风雪的地方

想象太阳升起

无知笨鸟

一只无知的鸟

不合时宜地出现

说上只言片语

便以为站在了真理上

目视远方

把手中的萤火错当成太阳

扬言把整个黑夜点亮

最终却不得不尴尬退场

徒留下如鸟兽散般的苍凉

木偶鸟

天上云在奔跑

人间下起了冰雹

街边地摊上售卖的木偶鸟

在喧嚣中思考

木讷的表情　娇艳的羽毛

无心的啼叫

匆匆的双脚丈量着双脚

平静中塞满了焦躁

多少人找寻他物的途中

迷惘地把自己丢掉

角落里一动不动的木偶鸟为何偷笑

或许它咂摸出了生活的味道

南国木偶

在黑夜来临前

我从北国来到南国

一路有阴有晴有雪相伴

在南国景色里感受着

北国此时没有的春天

在黎明来临前

我从南国返回北国

明月繁星随我归隐深山

它们不忍看见黎明照亮那些

在南国未曾看透的黑暗

今夜，我和父亲都是风雪夜归人

风在空中寻找

雪在雨里歇脚

夜的黑

渐渐将一切笼罩

末班的二〇一

载满了回家人的焦躁

王晁路口的接驳车

在主人的怀里静静地睡觉

极目远眺，雪花模糊着

时光老人的鬓角

闭目想象，多少回家的人

在风雪中努力地奔跑

今夜，我和父亲

并肩等待着人间百味

今夜，我和父亲都是风雪夜归人

一棵挂满绿苹果的树

每个人的身边

都有一座可爱巍然的山

默默地陪伴

我们沿着染血的山路登攀

未遇荆棘

在更高的位置向更远的地方看

目之所及的美好

皆是父亲的期盼

一棵挂满绿苹果的树

在等待丰收的秋天

父亲给予我们足够的成长时间

目送我们逐梦行远

慈爱温柔的眼睛

载满了语言无法表述的温暖

对着大海唱歌的姑娘

对着大海唱歌的姑娘

海浪一次次为你鼓掌

只要心怀梦想

没有翅膀也能飞翔

对着大海唱歌的姑娘

心里盛满了阳光

把悲伤藏进贝壳

享受海风的清爽

卖花姑娘

卖花姑娘

花篮里装满了对爱的想象

美丽的花

在风中轻轻摇晃

如同心中憧憬着的爱情一样

卖花姑娘

你在人间贩卖浪漫

你的意中人又在何方

是否在远方的灯火阑珊处

抑或在眼前匆匆的过客中潜藏

卖花姑娘

谁能接过你手中的玫瑰

读懂你眼眸深处的渴望

卖花姑娘

莫让忧愁爬进心房

爱情终会来临

要相信温柔的风

能驱散心里的孤独与迷茫

美　甲

一枚枚小小的指甲

展示艺术的精致与优雅

修整软化抛磨清洁

涂一层底胶

在美甲师的眼睛里

人世间一切美好的事物

双手皆可容纳

日月星辰江河湖海

你可以种上樱桃

也可以画上雪花

彩　裳

人生就像

出门时穿在身上的衣裳

五颜六色

在不同人的眼中

是不同的景象

简简单单的着装

是审美是现实是理想

他人的评价

带有不同的眼光

人这一生既短暂又漫长

有时会笑有时会迷惘

晚　安

把春天留在春天

把时间留给时间

彼此沉默彼此思念

过往的曾经

是一幅卷起的画卷

夜深人静的时候

我会悄悄地走进画里

对你道一声晚安

我从你的上空飞过

我从你的上空飞过

把思念化作相思的百合

我从你的上空飞过

想象着与你并肩而坐

我从你的上空飞过

想象着你在我的心里行走

我在你的脑海里停泊

余　温

在人间走夜路

跌宕起伏

遇见你

是上天对我的眷顾

白日黑夜

因为你

变得短促

初冬的寒反反复复

想你的眼眸

是我仅存的温度

比目姣

我爱你

源自无数个刹那

每次想你

心里都盛开一朵小花

我在三十一楼想你

我在三十一楼想你

就像空中的星星

远远地趴在你的肩上

想你　过往的时间久久不淡

在有你和无你的日子里

我用一半的才情

记录与你有关的生活

用另一半的才情

表达对你的思念

或许这世间无人理解

我对你不动声色的深情

天色向晚的人间

摇摇晃晃的风景若隐若现

思念如同远方漂泊而来的小船

思念是遗落海底的磐石

思念是遗落海底的磐石

在幽蓝的深处沉寂

岁月的潮汐冲刷着记忆

却始终无法将心中的人忘记

既然无法相守相依

就让相思的海水粉碎自己

化作爱情的海滩

风每吹走一粒沙砾

便说一句我爱你

九月的思念

如果思念可以控制
那又怎能称作思念
如果思念是一棵树
想你便是满树的叶子
如果思念是黑黑的夜
想你便是满天的繁星
我爱你如空中的弯月
高高地挂在人间
朝朝暮暮心心念念

舫 忆

天亮之前

我不想发出任何声响

做一个沉默者

等所有的星星熟睡后

再说想你

当你孤单时

你可以静静地推开窗

看一看窗外

那些挂在天上的星星

藏满了我对美的想象

鹭亭题诗

荷塘的风轻轻拂过

于芦苇的间隙悄然穿梭

干涸的大地

等雨从远方赶来

然后再目送雨的离开

想你

碰撞出鱼的涟漪

圈圈荡漾层叠交错

文字浮出水面

鹭亭里写满了思念

思念如大雨滂沱

大雨滂沱

只因它曾是一条澎湃的大河

手掌里的山水

云南的风

总是喜欢

和太阳比谁更温柔

它们在窗外喋喋不休

而我很想知道

你手心里

那一抹抹青绿

是搬动山水留下的痕迹

还是涂鸦人间的丹青

湖月在天

和你肩并着肩

行走在青海湖边

你说湖里的月亮好圆

我抬头看向天空

心里默然

人生总有一个让人恍惚的瞬间

就像此刻月映湖面

月亮落在湖里

是为了让只愿低头的人

看到它的明亮与璀璨

爱情小满

小满时节

麦穗渐渐饱满

每一粒麦子

都是爱而不得的思念

青涩的爱情

像空中飞旋的花瓣

目光的触碰

引发心潮的波澜

无限靠近

却不敢相牵的双手

宛如并蒂花朵

娇羞的眼眸

未曾开口却情意绵绵

小满未满

是爱情最大的圆满

一阵古风吹过

清爽丁净的爱情

离人间越来越远

月夜流苏

月夜下的流苏树

因风变得美丽

有些事情

想起又忘记

曾经纷纷扬扬的思念

迷失了自己

此时我不再跋山涉水

不再远行

我要悄悄地

住进你的心里

既然这一切在风中想起

就将这一切留在风里

我爱你如画中的浪漫

你说你那里

春光很美

于是我

焦急地等待春天到来

以便与你相会

此时我们一起见证着

一朵小花的盛开

彼时恰巧一只秋燕掠过云海

我爱你如画中的浪漫

天上的星光闪闪

一如我对你的思念

爱你　我把这一切写在诗里

也写在世界之外

想你比看月亮还要浪漫

冬天的雪花

总是在想你的时候悄悄落下

是因为想你比看月亮还要浪漫

和你对视过双眸

我便不觉得

天上的星星有多明亮

想你是花是云是草是木是飞鱼

是我在想你的那一刻刚好要说

却不知道该如何说的无声表达

也许我生来爱你

我并不清楚自己

究竟何时爱上的你

就像春天和布谷鸟

就像微微的风绵绵的雨

我们的每一个瞬间

都串联在一起

数不清的交集

组合在一起

也许　不是也许

也许我生来爱你

等 你

我在夏季的雨夜

想着秋天的故事

又在秋天的故事里

想念秋天故事里的人

你在看不见我的地方看我

我在人间写有深情的诗句

无关风月　只为等你

遇　见

雨后的蜗牛

在草丛里　在高山上

张望　彷徨　迷惘

把不可探知的远方

藏在心里　装入梦乡

黑夜披上黑色的衣装

露珠包裹着一枚枚月亮

一个转身

掠过所有的时光

有些是遇见

有些是念念不忘

试 爱

我总是想着和你分享喜悦

却偷偷地隐藏悲伤

关于这一切

我把答案交给了风

如果有一天

我出现在你的梦里

也许是你想我了

也许是我已经将你遗忘

光阴浅海

时间好慢

因为在焦急地等待

时间好快

源于对过往的留恋

我们的世界

时间不慢不快

一天也是很有意义的存在

从早上的太阳升起

到目送夕阳离开

人生有很多的人和风景

值得我们喜欢和深爱

藏在秋风里的夏天

白云在孤独中远去

我和曾经的我

握手言和

藏在秋风里的夏天

平静里包裹着寂寞

像蝴蝶和骆驼

曲　弥

奔跑是一束光

给予万物

生生不息的力量

累躺在两山之间

也要撑开臂膀

光的世界

不允许任何遮挡

普洱是善变的美味

花月夜　红鹧鸪

真正爱茶的人

才会懂得

苦后的回甘

多么令人神往

今人自修

生活的琐事

如破碎的瓦片堆垒成山

不知所以的忧虑让人焦躁不安

慌乱的风在书本里来回地翻

眼前的迷惘遮住了过往的先贤

一次次地错失留下了太多的遗憾

今人自修无需远行深山

关掉手机拉开窗帘向远处看

如若将思绪放缓

一切或许都变得简单

穷读通晓

月光日光和烛光

自古以来

有光的地方就有人读书

书远离了世界的喧嚣

近乎于生命的思考

花因施肥开得绚丽多娇

人因读书变得通透明了

读书劳神费力

与富贵无缘

我的心里只能装书

装不下世俗的名利

清心自乐的日子

不喜欢人间小物件的打扰

生活帖

生活有时急促不安

有时乏味缓慢

每个人都手脚并用

摸索向前

超越别人和被人超越

我都心甘情愿

当我选择做一束光的时候

我已然看清了周遭的黑暗

生命是一束光

在同一个地方

有三个不同的我们

一个靠近太阳

一个靠近月亮

一个在人间生长

风吹过两个世界

恐惧的心摇摇晃晃

悲悯的心庄重慈祥

生命是一束光

一念地狱一念天堂

生命序歌

我曾踏足山巅

也曾坠落谷底

这一路跌跌撞撞

很多人和事依旧无法忘记

浩瀚宇宙

每过三千年

便有一颗星星离去

那些渐行渐远的风景

不值得珍惜

不离不弃的人

此生必将生死相依

做些我认为有趣的事

烟火人间

有一些遗憾

也有一些留恋

我喜欢笨重的生活

像一座可爱的山

在已知的事物里

找寻另一种遇见

换一种心境

便是换了一种景观

夜深了

和月亮聊聊天

做些我认为有趣的事

你口中的晚安

和我毫不相干

人间白榆

如果你真正懂得了可爱二字

你会看到我

在你之前看不到的地方

做着很多可爱的事

黑夜摆下丰盛的宴席

邀请我去做客

不解世间的风情

一如天上闪烁的灯火

在人间看星星

内心多少有些疑惑

最亮的星星住在六楼

远离了星空银河

人间石匠

我是人间的石匠

在人间塑一座大佛

在大佛的心里

塑刻一个自己

当风和雨　云和雾

前来拜谒

我便悄悄地离开

用巨石遗落的碎片

点亮星辰银河

人间巨龟

人间巨龟

不问岁月的生灵

向着日出之地低首

无惧江河山川

一支笔　一张纸

星辰大海浩渺无垠

明月和风

是我此生相守的人间

人间大厨

一场雪

读懂自然

春季贮藏的干香椿

夏天采摘的青莲

秋初的桂圆

冬日的牛腩

躺在红泥火炉里

彼此温暖

静默的瞬间

在人间大厨的手掌里

孕育一个新的轮回

伊尹调味四季

把最美最别致许给冬天

人间假象

多数人在焦急地赶路

而我情不自禁地停下脚步

目送光阴的松鼠

原地起舞

孤独的远方是更远的孤独

无助的尽头是更无助

苦难者审视苦难

不知道是该同情

还是该感叹无辜

人间笑话

强者从不害怕谣言

用冷峻的眼蔑视它

把散布者看作无趣的表演

那些表演者便是人间最大的笑话

丑陋的嘴脸说不出高雅的语言

讨人厌的蚊虫影响不到浅夏

清风徐来

世界上有许多美好的人和事

当你活成潇洒的风

便能唤醒沉睡的花

人间幸遇

人海茫茫

我们如星辰闪烁

向远方追梦

不惧坎坷无畏风波

人生最幸运的事

莫过于陌生人的信任

心怀感恩的遇见

如黑暗中的一束光

似寒冬里的一炉火

美好的人和事

是命运回馈这一路的漂泊

人间忽晚

一片树叶在晚风中凋落

消解寒冬的寂寞

在太阳转身的地方

垒满深夜的雪

人间忽晚　我在人间漂泊

那些来来往往的人和事

湮没于远去的岁月

时间之外

我是人间过客

你是天上美丽的星辰银河

我们向往

去更高的地方看更远的风景

却忽略了

人生最美的景色

是心中的山水

是我们忘记了我

人间又多了处旅游乐园

星河点点

当月亮再次光临

书桌上便多了一抹黄

那是母亲用银杏叶制作的书签

读书万卷

双手捧满了对家乡的思念

七千年前

北辛先民

选择在此生存繁衍

东龙山　西薛河

物产丰富　沃野平原

生生不息　薪火相传

一排排俊俏挺拔的银杏树

宛如博学长寿的智者

见证着官桥镇的发展和巨变

孟尝君好客

公孙弘好学

毛遂自信

仲虺厚德

是古薛精神积淀和展现

春去秋来　叶随风转

大地脱下春装

穿上金色的保暖衣

官桥镇便多了些韵致

人间又多了处旅游乐园

牧马人间

我在黑夜陪着黑夜思考

闭上眼睛

用双耳感受万物寂寥

惆怅是弱小身体拖不动的双脚

牧马人间

那些远走的风

是无法遮掩的忧伤

它们在等待抑或奔逃

我爱人间

生活把我折磨得疲惫不堪

我依旧选择微笑向前

白日有太阳给予的温暖

黑夜有月亮默默地陪伴

生活中的酸甜苦辣咸

是生命之神

描绘的不同画卷

当你习惯了

对着身边的琐事微笑

你会发现

这是个值得我们付出爱

也终究能够收获爱的人间

人间孝善

善是亘古不断的暖流

孝是善的具体呈现

观海潮踏青山

与父母一起成为快乐的人

团圆是人间的好事

相伴是人生的美满

爱自己爱父母

爱世间万物

远方有远方的风景

近处有近处的景观

父母渴望聆听和陪伴

灯火依偎

远胜于遥远的思念

我来人间做人

花以不同的名字

在四季盛开

五彩缤纷的世界

很少有人留意

一朵花的成败

我来人间做人

寂寞是如此的悠长

有些事情

需要我们用一生去想象

恕人间

骏马奔跑在崎岖的山峦

苍鹰飞翔在辽阔的海面

黑夜之上繁星一片

黑夜之下万物消失不见

从今天走向明天

闭上双眼

用耳朵静静地看

在黑暗里看到光亮

在光亮中看到黑暗

恕心恕己恕人间

踽踽向善

灯火璀璨的人间胜景

虚浮荒诞的怪异人间

迎来送往的人间

我曾经历过悲伤

但并未像今天这样

眼泪在眼睛内流淌

每一下心痛

都源于幸福的回想

生活一半阴天一半晴朗

风雨里的人感受不到阳光

春天到了

老树上的枯叶

重重地摔在地上

迎来送往的人间

和热闹无关

人越活越孤单

三万天

古寺的钟

初听并未听出不同

再听听出了不同人的心声

来也空空去也空空

于多数人

三万天便是一生

我们活在自己的世界

也活在别人的心中

时光悠悠岁月匆匆

有限的时间

一半糊涂一半清醒

梦不停地梦

一重又一重

梦是现实的投影

现实是迷离的梦

开往土桥的地铁

五颜六色的耳机

是填补内心的寂寞

还是想阻挠世间的喧嚣

偌大的城市瞬间变小

头靠着头　脚顶着脚

一列地铁开往土桥

是出发是归家是停顿是奔跑

心中筑起一道藩篱

懒得说话

并非心中没有情绪

再说已毫无意义

言语在此刻变得无力

人生不要害怕失去

就连昨天

都属于曾经的自己

当我们对世上的人和事

不再感到新奇

目光中少了心动的涟漪

心便开始走向静谧

往昔的喧嚣如潮水退去

心灵的深处安静无比

思绪如云朵飘在天际

花开花落人来人去

不再漫无目的地远游

席地而坐

心中筑起一道藩篱

蚂蚁登山

雪后的夜一尘不染

后屋书山上

一只不为人知的蚂蚁

虔诚地登攀

临近冬至

世间多是清寒

唯有诗歌温暖

白马东去

我看见一匹白色的天马

踏着金色的夕阳

狂奔于黑夜

向东而去

那白色的羽翼

与金色的光交织在一起

深浅不一的马蹄

宛若繁星般迷离

乌龟的晚年

乌龟的晚年和早年一样

脚步缓慢

它用一生匀速行走

诠释来去间心境的从容淡然

累了　睡上一个冬天

醒了　继续向前

面对俗世的侵扰

它把所有的柔软藏进龟壳

闭上双眼

努力地用耳朵审视人间

白猫日记

阳光明媚的早晨

白猫　临窗而坐

不远处

是一朵暂未绽放的花朵

白猫不再用冷峻

审视世界

它选择温柔地生活

目光和蔼　知足常乐

与猫望月

我时常一个人

孤独地坐在庭院

和天空中同样孤独的月亮

相顾无言

生活给予我很多磨炼

也教会我不和万物争辩

晚餐后的猫

静静地趴在墙角失眠

在我看向它的时候

假装打鼾

月亮在富人的口袋

人海茫茫

一个个孤独的追梦者离开

微笑背后有无人读懂的沧桑

眼眸深处是渴望理解的汪洋

黑夜在黑暗中躲藏

有人成了角色

有人成了自己

神于梦中醒来

喧嚣的世界

生灵像沉默的海

看不清现在

看不到未来

月亮被装进了富人的口袋

目　山

从一座山出发

向另一座山走去

未曾想

我脚下的跌跌撞撞

是远处人眼中向往的风景

眼前的桃红柳绿

是世外高人的障眼法

那些渐渐浮出水面的鱼儿

正以吹泡泡的方式

倾吐真相

远 山

我把梦想之外的山

唤作远山

长途跋涉的人生

未让彼此走近

反而渐行渐远

梦　宛若银河星汉

有些明烁　有些暗淡

夜幕之下　苍穹之巅

我们默契地思索

人间烟火里相似的孤单

离 火

我是个写诗的人

简单朴实平凡

行走在众生之间

不扰你的惊喜

不叠加人世间的苦难

我悄悄地来人间

把想看的风景看一看

我不做木头

但羡慕木头世界里的无悲无欢

缘起缘灭皆为善缘

人越活越简单

融于江水合于青山

只有懂得隐藏自己

那些隐藏的事物你才能看见

窄　宽

我死后

葬于深山

来年从泥土里

飞出一万只金蝉

我躺下是一座山

我奔腾是一条河

众生的窄宽

透过一扇窗分辨

无我谈它

今夜风轻月弯

万事从欢

我的家中有两座小山

一座书山　一座普洱山

书中有过往的圣贤

茶中有句芒喜爱的冰岛甜

生活越发现实

离艺术愈加遥远

艺术的基因里

有爱有执着有浪漫

茶入柔肠

化作有温度的江水

融了徽墨

把诗写给春天

八 福

我为生命歌颂

橄榄山静静地聆听

我迎着你走过的路

等待你走来

完成前世今生的相逢

我为自己而痛

也为世界哀恸

我与你共沐着爱

喜乐满足安宁

旅途里的每一个足印

都幻化成一盏明灯

指引我们走向永恒

那里让疲倦的双眸变得澄清

那里让混沌之子变得轻灵

智慧在街头呼喊

当我身边的人都在谈论金钱

我多少显得有些另类

赚钱就是成功的理论

很少有人思考对与不对

机器提高了产能

但机器并不比人类高贵

智慧在街头呼喊

我们为何而来

人生究竟什么最为珍贵

古人有清风明月

我亦有清风明月

高档酒柜上的现代酒水

精奢的包装我并不反对

只是古人酿的酒

我一闻就醉

南斗生莲

在风中忘我

人比风还要悠闲

从一座山到另一座山

一次次地俯瞰

像新生的婴儿一样

体悟时间

南斗临

人心躁动不安

静静地分辨

才能找出欲望笼罩下

最为清澈的眼

夜夜星河　夺目璀璨

当它望向人间的湖泊

天地间开出一万朵青莲

骑马牧牛

牧牛慢行

闲看山河草木

骑马飞奔

不看周遭的风景

二者看似大相径庭

实则本质并无不同

他们于时光中归来

一样的老态龙钟

时间不曾为谁而暂停

昔日的激情与憧憬

如空中楼阁水中泡影

岁月是如此的无情

人生苦短福祸相从

无奈的喟叹

是糊涂亦是清醒

苍生令

从不辨万物到坐而不争

人间上百个山水的轮换

蓝色的雨红色的风

生命源于精神的觉醒

从无止境之境到无我之境

曾经的憧憬

终将变为未来的过往

我坐你也坐

醒去

太阳东升西落

人心的每一处欲望

都是自我束缚的枷锁

苍生轮回岁月蹉跎

世间的名利客

熙熙攘攘亘古不绝

水云身

桃红柳绿黄叶飞雪

山与水在季节的轮回里变迁

发光的石头

倒挂在遥远的天际

我的心里忽明忽暗

人生如山众人皆登攀

熙熙攘攘热闹非凡

面对五彩缤纷的世界

我并不喜欢悲观

只是那些柔弱佝偻的身躯

让人倍感心酸

巍巍的山困守人间

我转身寻扁舟一叶

不用船桨和船帆

背着双手破浪行远

一叶一因

树叶放在杯中

便是茶的再次重生

漫长的岁月

彰显着一个人的经历和品位

世事难料物是人非

得意时不要张扬

失意时也无须消沉

太阳下和月亮下的那群人

没有差别也不必区分

人生百般滋味

他们不过是不同时段的我们

一叶万相

从一片树叶里

参悟众生万相

我把那些斑驳的光点

称作流光

宇宙无非是道和相

道是永恒的存在

相是某一时间段里的流光

流光与流光不停地碰撞

时间空间历史想象

如风如雾不可摹状

道离我们很近

它时常光顾

我们每个人的思想

我们离道很远

因此有时会失望彷徨和迷惘

左手划拳

我在人间披上雨衣

乌云便奔向太阳

遮住了眼睛

暴雨在城市的上空穿行

青蛙便开始了孤独的长鸣

我在黑夜透过黑夜

想象那些无法看见的风景

风景里有一位哲学家

他在向过往的每一位路人

道一声　珍重

风过左耳

走向远方

和曾经的世界断了来往

这一路

苦涩的眼泪模糊着双眼

却比之前看得清晰明亮

风过左耳

寂寞像一条悠悠的长河

翻滚着不明所以的波浪

回首身后的两座大山

一座蹉跎一座张望

玫瑰的左耳

黑夜推开窗

送来了清风和满天星河

同一朵玫瑰

在你和我的眼中

看出了不同的景色

黑夜的来临

是为了让我们停止思索

但我们喜欢

在全然不同的梦境里

寻找并不知所措

等待等待

我们抱怨神为何迟迟不来

却不知神已经来过

途中左右

秋天树的摇晃

以落叶的形式被发现

精神上的失眠

加之身体上的磨难

让我渐渐习惯了

这世间的寒凉冷暖

麋鹿向阳奔跑

抖落世俗的羁绊

人生既要慢慢地摸索

也要关注每时每刻的改变

道是五颜六色的光幻

五颜六色就是没有颜色

不困于境的生活

才是真正的看淡

格物归途

曾经茂密的森林

如今只有几棵稀松的合抱之木

也许在不久的将来

只剩一杆直挺挺的大旗

在风雨中孤独

当我踏上远行的船只

内心便接受了这一路的荒芜

远方不是此生的目的地

远方的远方是理想的归途

下河上岸

我们生如一只漂泊的小船

在不同的时段不同的地点

扬起生命的帆

我们既留恋于途中的风景

又向往行驶得更远

人生的每一个时段

都有每一个时段的光和黑暗

我们不知道自己何时下河

也无法预料自己何时上岸

深藏心底的小花

或许此生都不会绽放

但只要我们从容地向前

终将遇见一些不曾期待的灿烂

人生洪口

人这一生

从一个黑渊走向另一个黑渊

这中间的一段路

比彩虹绚丽比白云浪漫

月有圆缺人有聚散

来不及思考

才懂得把脚步放慢

这短暂的美景

是未来人的心心念念

我们一生都在追求与众不同

却在不经意间

发现彼此是那么相似

浮世烟火的下面

是亘古不变的孤单

人生两观

生活若能由繁入简

生命的态势将会坦然

人生两观

于社会求功名利禄

于自己求欢喜心安

入世讲奉献

披荆斩棘敢为天下先

造福社会流芳千年

出世忙文化

修心养性著书立传

把灵魂喂养得干净饱满

包袱人生

爷爷的一生

宛若一个包袱

包袱里包裹着书和衣物

爷爷活得简单而幸福

白天在太阳下种田

夜晚在月光里读书

爷爷喜欢一个人独处

他热爱万物

一如春风里的万物复苏

二十年

有人说

这世上并不存在时间

可为何日历翻页

心总是猛然一颤

那种莫名的伤感

是对曾经的不舍

亦是对当下的不安

二十年是长是短

我说不出答案

如若可以穿行在人生的不同时段

我想生命或许会有更多的遗憾

身如洪涛

冰冷滂沱的雨水

疲劳奔波的汗水

夺眶而出的泪水

身体像发了洪一样悲愤

思想如乱麻纠结苦闷

内心的堤坝几近崩溃

习惯在雨天哭泣的人

是为了让雨水掩盖

内心的痛与伤痕

追不回的时光

曾经温暖的时光

在记忆里微微泛黄

像风一样吹走了过往

人心一半太阳一半月亮

热情则世界温暖如阳

冷漠则世界一片荒凉

孝道让树木变得粗壮

不给予树根足够的供养

何来枝繁叶茂的景象

生命绝不是眼前的碎银几两

而是照亮来路归途的一束光

多一些时间陪伴

少一些遗憾感伤

不抬头的人生

也便没有了远方

几日几夕

曾以为自己无所不能

好多上天给予的美丽都不懂珍惜

跋山涉水的南北东西

不过是让人生多了几页阅历

健康平安

是一个家庭的福气

人生本就短暂

没有意义便是最大的意义

光阴如流水奔去

让人感觉幸福的时间

几日几夕

平字篇

天平

有了日月星辰

地平

有了高原山川

人平

有了生生不息的世代繁衍

气象万千

容物容易容人难

消除负面情绪和语言

可平心平道平自然

把三两桃枝装进花瓶

便是把自己装进了春天

辞风谣

银色的月亮照耀大地

人间宛如无形的存在

你把诗歌刻在石头上

我把诗写在风里

让诗歌去往更远的地方

吹醒更多的人

岁月不居山花半开

过去与将来

梦里与梦外

树叶沙沙

辞别山川辞别沧海

火的隧道

今夜天空如洗

月亮睡在云里

在冰的世界

我依然无法忘记

关于火的记忆

时间与时间有了间隙

那些大如山岳的巨物

都在谨小慎微地活着

此刻我的眼睛

满是人间疾苦

而我渐渐懂得了幸福

大 士

我在人间

为你点了天上的星星

看一条河向着另一条河奔赴

笑着说人间的痛

不是不懂生活的悲苦

是饱经风霜后的沉着与冷静

没有比梦更真实的存在

繁杂缤纷的世界

弥漫着永恒的悲伤

不想说的

其实也无须去说

大千浮生

可以是一片树叶

也可以是一条江河

清词素调

我们身处黑夜

面临周遭的复杂和阴暗

神站在月亮上

以清风作线

编织一张欲望的大网

撒向人间

清醒的生活家

从未放弃对光明的坚守

时时刻刻心怀善念

岁月从不辜负勤奋和勇敢

世上的智者

会努力把梦想变成现实

不轻易索取

天地之间便不会有羁绊

大道不刊

秋日意犹未尽

冬日意味深长

失眠的星星

目送着人间的每个孩子

进入梦乡

黎明的到来

熄灭了月亮所有的光

窗外花白的树叶

用柔和的目光把山水丈量

天地在一本书里隐藏

入梦大鱼

揖礼合十掌心摩挲

天地间只剩黑白两色

摊开双手

掌纹便化作山脉江河

倔强的大鱼

蛰伏在即将冰封的海洋

红色的鳞片

是绝望之都隐藏着的篝火

鱼泡泡把大梦包裹

扶着风的梯子爬上天空

借助白云的躯壳

伪装成天空的耳朵

大鱼混沌

时间翻阅着生活

白云被定义为天空的常客

你是我心里的寂寞

大鱼混沌　醒着睡着

分不清四季的颜色

屋前是皑皑的白雪

屋后是冰封的江河

不辨天地　不知不觉

大鱼在渊

幽邃的深渊

游动着神秘大鱼

身披岁月的鳞甲

在黑暗中悠然

海的深处有一座山

山中的景色

与自然之道无关

坐于山中看

捕鱼者焦躁不安

风在海面来回地翻

大鱼沉默不言

把诗歌写在海上

一字一舟若隐若现

大鱼向海

梦想有多么火热

生命就有多么豪迈

鱼游动的方向

代表水质的好坏

大鱼向海

穿越暗礁迷雾

见众生疾苦

山野长满水果和蔬菜

海中的生灵丰富多彩

它们从嘴角长出翅膀

不是为了飞向天空

而是游向更深的海

那里星辰闪耀

每一颗心都轻盈自在

大鱼逐浪

大鱼追逐着白浪

身后是白玫瑰盛开的海洋

面对奔跑的太阳

甩在黑夜里的月亮

一脸迷惘和惆怅

隐伏在水下的礁石

编织着蓝色的帷帐

岸边优秀的垂柳

用七千七百七十七只绿眼睛

洞察漫天繁星的思想

大鱼追逐着白浪

跌跌撞撞　摇摇晃晃

把一路的寂寞收进行囊

把中途的繁华留给后人想象

大鱼放牧

每片云

都有两个灵魂

在漂流中一次次轮回

白昼如大鹏般骄躁

黑夜若大鱼般深沉

水天相交的空谷里

万物都失去了声响

唯有你和另一个你

缝补着日月星辰的旧装

准备着它们游牧归来时的嘉奖

大鱼悟道

在蚍蜉众生里

找寻来路的我

曾经空空的行囊

如今塞满了枷锁

灯火渐远　金乌附耳

远不舍远不得远寂寞

避喧嚣弃味觉绝三色

黑白境界里释惑

须臾片刻　半树婆娑

四海消弭　八荒跌落

把一身的金鳞抛去

轻松　逍遥　自得

窗外有鱼

海浪拍打着船窗

人生摇摇晃晃

窗外有鱼

风起海上

短途的迷惘

不值得我们逗留和失望

你望向窗外的样子

既美丽又忧伤

思者返虚

一棵树

从泥土中萌芽

长成郁郁葱葱的森林

经历了寒冬与酷夏

郁郁葱葱的森林

可以是一座木屋

也可以是一片大厦

万物生灵在天地间互化

忙忙碌碌意气风发

物之变恒久不绝

神奇不易觉察

三千世界孤立而复杂

众生在物质的诱惑里

迷失自我

得不到放不下

猕猴盘腿而坐

感悟月的静谧风的潇洒

闭目养神的刹那

懂得了

心无杂念天地寂寥的伟大

大梦大哉

在黑夜巡查

有惊喜也有失落

造物主一时兴起

人间便有了日月山河

春天的花园里

人们都喜欢黄鹂和百灵鸟

而乌鸦的倾吐

只有圣人

能心平气和地聆听

我站在风中

风便与我同行

函谷关外的青牛

蒙眬着自己的眼睛

思者大境

四时轮序是对道和德的尊重

光河大梦

生命的光

于风雨中起伏跌宕

如沉闷天空下的萤火虫

微弱却又闪烁着希望

大地有千万种花草

葱郁蓬勃各展其芳

天空有千万颗星辰

璀璨绚烂各放光芒

人这一生摇摇晃晃

似履于虎尾之上

心惊胆战威名远扬

若不是当初心生欢喜

又怎会来此人间

历经千万次的相遇与相忘

终是大梦一场

悠然大境

写诗平平仄仄

生活又何尝不是起起落落

青山不动声色

默默地担负

守护人间的职责

暗如永夜　灿若星河

江河湖海不远万里

翻滚着水花赶来庆贺

这悠然的岁月

悠然的生活

悠然无他

悠然的是我

逍遥大境

飞鸟飞得再远

总要找到一个地方落脚

时间催促我们

看清来时的目标

功名利禄

是欲望裏挟人心的长袍

扶光　望舒　灵泽　寒酥

自然之美造物之妙

山外有山的飘渺

白驹过隙的人间

我有我的名字

通透清澈逍遥

半　蝉

我把夏末唤作半蝉

又把秋初称为小念

午后的人

多多少少有些困倦

我把躯体斜靠青山

聆听它千百年来

战风斗雨的辛酸

那些干净的字眼

是人心永不落幕的太阳

我深信

它能温暖你我

也能照亮人间

它 们

北纬四十度的风

摇晃了一下

梅花便一瓣瓣地落在地上

忽得自由的它们

深情地凝视树枝

冬天走来

有露有霜有雨有雪

这天下的江河

都来自它们终将流去的地方

寂寞的神

簌簌枫林

在夕阳的余晖下

送我一身金灿灿的袈裟

我轻缓地脱下白色的马甲

抖一抖　人间就下雪

挥动它　就看见头顶的白云

比昨日更加潇洒

诗三行

我是天地间飘浮的一粒沙

于洪荒中独孤地流浪

偶得机缘来人间一趟

在风中轻轻摇曳

在雨中黯黯彷徨

在得到与失去中

体会人世的冷暖与炎凉

我曾目睹春日繁花热烈绽放

也曾聆听夏夜虫鸣悠悠轻响

我曾领略秋日叶落遍地金黄

也曾感受冬日雪飘素裹银装

我于人间历经沧桑

只为写诗三行

一行涂抹时光

一行寄予梦乡

一行写在你的心上

素 叽

泥沙和石头

翻滚的江河

很亮又很遥远的梦

闭上眼

看不见太阳

睁开眼

是刺目的光

置身孤独视而不见

谁的人生不是晴空温暖

谁的人生又不是风霜苦寒

诉 说

我不讨厌夏天

也不讨厌冬天

我喜欢

不温不火的秋天

白色的衬衫

迎着寒风打战

文字是冷峻的双眼

将一切假象看穿

沟渠变不成江河

土丘也变不成高山

站着吃饭

一粒干瘪的种子

在湿冻的泥土深处

嘲讽春天

因为它永远不知道

开在春天的花朵多么鲜艳

一只笨拙的猩猩

与日月山河抱拳

奔跑为海　匍匐成山

朗朗乾坤里高声呐喊

站着吃饭

与子书

飞鸟翱翔天空

不是为了标榜自己的特立独行

是为看清前行途中

会遇到怎样的风雨阴晴

生命是带着智慧的种子

来到人间

等待阳光雨露

人生真正的不幸

不是物质的贫穷

是精神家园的坍塌

浑浑噩噩一事无成

人难在自我清醒

以俭入世向善而行

守住内心的安宁

历经时间的检验

生根发芽开花结果

活成后来人眼中

源头活水般的风景

向南而征

南是家族的暖阳

是未来是希望

长生之地旺福之相

人生不易

锦绣前程需勇敢去闯

文化是雄鹰的翅膀

善者方能服众

天地巍巍处

山河之器

是无穷无尽的能量

光阴百年不短不长

成大事做好人

愿你一生风光坦荡

微湖十四行

走得越远

对家和故乡愈发思念

如果这人间

有一处风景让人流连

那一定是红荷湿地

满池盛开的彩莲

当锦鲤把梦想的泡泡

吐露湖面

绕颈缠绵的天鹅

轻梳雪羽诠释爱情的浪漫

鸥鸟翔集　芦荡飞雪

勾勒出四季皆美的画面

此时的碧水红荷

必是千年后的水文大观

流浪国王

风吹落一树的嫩叶

泡一湖新茶

闻香而起的黑壳虾

穿上了蜻蜓的短裤马甲

蜗牛弹起了吉他

蚂蚁跳起了恰恰

流浪国王

在现实与梦境里攀爬

不远处的高塔

雪一层一层地下

三只眼的梅花鹿

梳理着山羊的白发

雪后的晚霞

飞出一只七色的蝴蝶

像放飞的风筝

又像是开在空中的花

脏　水

你把脏水泼向我

我不怨你

炎炎夏日

感谢你

带给我的丝丝凉意

你把脏水泼向我

我不怨你

脏水虽脏

却可以

把万物洗涤得明亮美丽

纯美的白

有人喜欢用自己的妒火

燃烧别人

他们期许自己的晴天

却不断地制造他人的乌云

那些阴暗的卑鄙者

不断地累积伤痕

非但没有遮挡住这世间纯美的白

反而让我们看清了他们的黑

落在手上的冬天

你捧着我年少时的心

向我走来

我怎能不迎面向前

喷薄而出的爱

是内心燃烧的火焰

忘了的很久以前

其实并未走远

四月的风

吹来腊月的雪

诧异什么

梨花似雪不是雪

春天就是春天

洱海的冬天

我坐在风里

风吹浪花

送我一片海

洱海的风柔缓清甜

蔚蓝的海水

白色的海鸥

红色的水杉

洱海的冬天

眼睛里是春天的风景

心里面是秋天的浪漫

黄山春茶

山上的茶

放在杯盏里

便是把人间的山水搬回了家

嫩嫩的芽层叠穿插

宛如迷人的图画

我的思绪清澈简洁

天地星辰物物相化

茶可以是茶

也可以是岁月的宁静与优雅

灵珑山白茶

云雾缭绕

静卧深处的灵珑山

汲取山川灵气岁月精华

孕育江北第一白茶

河南的平顶山

人间的艺术家

看那山前的小雨

淅淅沥沥地下

几片树叶掠过脸颊

天地泡一盏清茶

看那雨中的风铃

自言自语

比风还要潇洒

白茶的夜

风从你的山头走过

带着茶的香气

向我诉说

造物主用一片片叶子

截取一段段翻滚的江河

白茶入喉

我们便能够读懂生活

木叶盏白牡丹

月光洒向人间的温柔

像极了一片海

我是人间的茶客

从此

我的欢乐

有了味道和颜色

半茶大宽

一勺秋叶七克月光

山泉活水浸湿了

婴儿口中的糖

热雾不染茶汤

每一泡都是对光阴的淡忘

来路初见不识万物

湖海森林鹿马牛獐

半茶浮沉大宽世界

银炉中的暴风雨

是人间众生对生命的守望

痛　茶

我对许多事已经不感兴趣

唯独对日月山川和你

愈发着迷

昨夜

山前又下起了淅淅沥沥的小雨

抿入口中的痛茶

让我知道究竟有多爱你

五彩缤纷的人间晚霞

奔跑而出的白马

既悲情又潇洒

礼 茶

树是葡萄树

花是葡萄花

用自己的心境

为世间万物明码标价

雨有雨的江湖

茶有茶的道场

温杯烫盏

取一颗冰岛老寨

为人间泡一壶好茶

画 茶

我坐在桥头

你坐在月亮上

此刻这世间风物

是春雨忙肺的一饼茶

山水轮回

四季变演

我始终相信我的文字里

住着一位哲学家

他在人间春色里

装作一位画家

谏十人

当我知道你是个坏脾气的人

我便微笑着看向自己

人生路长

想必你走得跌跌撞撞

哭泣着讲述

那些偏离人性的道理

真的毫无意义

生命是段有来有回的经历

不要因为你的任性

失去了那些生而为人的美丽

梦想之后

梦想总在夜深人静的时候

乏味地徘徊

就像被风裹挟的云彩

看似自由实则无奈

梦想总在天亮之后离开

未曾开口

却教会我听无词的歌曲

吃新鲜的蔬菜

喝不冷不热的白开

造物主从未间断过对爱和美的吟咏

远离欲望的纷争

内心便收割一份安宁

无须苦苦追寻

只需抚摸自我的心灵

那些不入眼睛的美丽

是短途不曾相见的风景

造物主从未间断过对爱和美的吟咏

如若不信　请闭目倾听

世界，我不停地触摸

在精神的长河

动物与植物各自摸索

彼此超越　互不干涉

夜有浩瀚星河

人间有青灯古佛

世界，我不停地触摸

用双掌抚慰高山大漠

世界，我不停地触摸

却终究无法洞察它的轮廓

与熙熙攘攘的世界为邻

清风邀我对酌的酒杯
被匆匆的路人打翻
与熙熙攘攘的世界为邻
不知是脚步走错了地方
还是生活挤占了空间

心中要有宽广的世界

从一片叶子

看消逝的时光

几天阴雨几天晴朗

人生很长

不要着急外求

心中要有宽广的世界

步行去往自己喜欢的地方

人越活越温柔

坦然地看待老死和新生

永葆鲜活的生命气象

人的一生都在遗忘

忘记时间忘记过去

忘记欢喜忘记悲伤

每本书里都藏有一个世界

小时候的月亮非常明亮

在月光里读书

每本书里都藏有一个世界

书是无声的长者

给予我们智慧的灯

书是明理的眼睛

把生活中的迷惘看明

书教会了我们很多生活的本领

也教会我们把很多的人和事看轻

读书是现实生活里最美的梦

爱书的人不愿意区分梦里梦外和梦中

雨夜晴天

有些东西

只在特定的场合流通

那些黄的白的

有些人视若不见

有些人甚是想见

有些人屡见不鲜

有些人难以看见

同一段距离

在蚂蚁的世界

山高水远

在猛兽的眼中

不过巴掌大小的空间

星星和月亮

会在黑夜一同出现

风一场雨一场

不是你口中说着的晴天

壬寅降雨

一只蚂蚁在野外种菜

乌云正慢慢走来

撑开伞

身边多了些

错落有致的雨点

远方人潮人海

我在远方之外

刚把奔跑雨中的蚂蚁

接济到伞下

又看见树和草

在雨中来回地摇摆

不知道它们是欢喜还是无奈

寅时论象

寅时万物发生

白象坐在月亮上

置身于繁茂的丛林

内心有些失落

幼时贪恋的树皮和野果

是束缚心性的枷锁

年迈的眼睛

藏有许多美丽的景色

可悲的是

眼睛已不再清澈

思想是一条流经四季的河

天上闪烁的繁星

像极了人间的烟火

心　象

有些人的心是一面墙

土垒的高台

庸俗混沌

言语也浑浊

在那幽深的角落

藏着阴霾守着寂寞

有些人的心是一面镜子

水做的明月

干净清澈

映出世间的美丽

每一道光芒都被捕捉

每一丝温暖都不曾错过

心灵哲旅

路过喧嚣的人间

躬身入局

与众生共沐苦甘

聆听万物呢喃

生命之河潺潺

求而不得

多少有些遗憾

无所不能

也未必让人心欢

用真心触摸每一寸时光

活着的美好

比繁星还要璀璨

甲辰哲思录

孤寂的人间与谁同行

茫茫人海

即便相遇

也不过是迥然有别的心境

日月轮换四季枯荣

相距一千四百米的路人

等来了同一场风

天地万物芸芸众生

有些相似但绝不雷同

山一程水一程

是风景亦是人生

带着遗憾

大梦不觉步履不停

智者不是不懂人心的沉重

是希望世界变得轻盈

孩子的世界

大山　水和空气

画笔　梦和未来

三个孩子

在夜灯下游戏

成年人的眼里孩子一无所有

而恰恰他们拥有着整个世界

我们向着远方远走

远方便变成更远的远方

童年渐渐消失

灯火闪烁的人间高楼

也许我们越懂世界

世界越不懂我们

童年六月

童年是故乡爬满喇叭花的院墙

记忆里是满满的花香

童年的小路美丽悠长

绚烂星河下

是我对未来的无限想象

童年的时光

没有成人世界里的障眼法

纯真自由欢乐潇洒

朦胧月色里

那颗陪我行走的星星

夜夜相伴

它在画外

照亮一幅幅美丽的人生图画

童年里的我

童年里的我

没有想过怎样成为一个大人

却想要做一个大写的人

童年的天空炯炯有神

眼眸里是日月星河

童年是有爱的世界

风是甜的树是心形的

童年是近处的生活

成年后的跋山涉水

虽远而壮阔

终是少了些

近有亲人相伴的温馨与欢乐

骑在木马上的童年

童年如怀旧的音符一般

湿润了双眼

青木马

你驮着我走向远方

却再也不能

驮着我回到童年

童年如梦一般

摇曳着竹叶星空

红木马

那些熟悉的场景

如今已然不见

却并未走远

它们珍藏在我的心里面

所有的大人都是曾经的小孩

时间追日逐月

你我以大人的名义

左顾右盼

在茫茫人海中行走

当下你我

有那么一个瞬间

像孩子一样腼腆

你我身边的一切

都变得熟悉都变得陌生

此刻你我异口同声地说

或许你我忽略了

所有的大人都是曾经的小孩

青春是追不回来的风

吹绿了麦田

吹出了桃红

少年老成

不如老如顽童

自由潇洒脚步轻盈

青春是追不回来的风

没有人不想保持年轻

生活无须太累

学会自我放松

少年惊鸿

谢谢你挂在我窗前的风铃

驯　鹿

星星垂钓着世人的心愿

月亮躲在高空中

享受清闲

黑与白交换

两只金色的麋鹿

一只低吻地面

一只远望白云深山

我随清风走进书卷

默默地对自己说声

好久不见

青 疏

左眼的忧伤

不同于右眼的忧伤

眼睛酸痛后

我竟懂得了微笑的模样

那些渐渐远去的风景

带走了口中的故事

也带走了曾经的想象

我对风说我彷徨

风说它比我还要彷徨

我对海说我惆怅

海说我根本不懂惆怅

黑夜启示录

夜以熄灭天灯的形式

提醒我们入睡

我们点亮人间的蜡烛

在宇宙深空中失眠

黑夜的黑

并不是最黑的黑

世界是世界的世界

我们有我们的生活

行走在漆黑的夜

远方既佝偻又落魄

今夜　人的身体有两条河

一条在心里流淌

一条在眼睛里喷薄

黑夜黑

当我把头埋进书里

我便可以无视这个荒唐的世界

潇洒是看似轻而易举

实则历经艰难险阻后的沉着与自由

人们喜欢挂在天上的明月

源于它不知道什么是忧愁

我说这世界有趣

你们说有趣的是我

黑夜黑夜夜都黑

人间的一切都是有趣的存在

有趣一如我无心地遨游

耳书冬至

冬至万物有时

风吹梅花

送人间一场雪

围炉吃茶

端上一盘羊肉馅的水饺

年味便又近了些

有些人和事

会在某一天突然不见

但依然会在某时某刻想念

俗世烟火中

最温暖的感情是心无杂念

冬至书信

翠鸟和白鹭结伴飞来

我把所有的思念

写进它们的羽毛

冬至　我的心情

像一条蜿蜒的小河

翻滚着浪花

想到你

眼睛里便开满了木芙蓉

世界　既不是我们想象的样子

也不是神想象的样子

阿　婆

太阳在秋叶里纳凉
蜻蜓在晚霞里穿上七彩的虹装
阿婆在一条名叫迷惘的小路旁拾荒
编织袋里塞满了不可名状的时光

夜很凉
凉如深冬月亮上的霜
从阿婆的眼眸里
我渐渐地看清了生活的模样

夜很重

雨水落在眼上

这世间的风物

多少有些模糊和朦胧

悲苦的潇洒

不是为了感动某一个人

而是一个人的自我感动

夜很重

那些看似

生命不可承受之重

都在人世间跟跟跄跄地前行

垂柳的哲学

有风温柔

无风也温柔

千百条垂柳

宛若哲人的低首

成熟　谦逊　自由

世人对它的美赞不绝口

却很少发现

它用千万只眼睛

洞察宇宙

冷风的哲学

如若没有这世间的苦寒

生命又怎会生发出无限的热望

就让这千年的冷风

一起吹来

残羹冷炙虽然不够美味

水陆俱陈却容易让人迷惘

一方清醒的天地

虚名浮利在冷风中无处遁藏

比双脚走得更远的是思想

在冷风中看向更远的地方

热烈而鲜活的生命

连同万物一起寂灭

孤独是世间的常态

人心既悲伤又惆怅

冷风可餐

如若你不像我一样

喜欢冬日的冷峻与严寒

你不妨耐心等上几个月

因为春天离冬天并不遥远

又或者你像我一样

换个角度看待冬天

比如漫天飞雪的浪漫

又比如冷风可餐

一个人真正的改变

是思想有了新发现

在不同的维度

造物主设计了不同的景观

四叶草把口琴吹响

日过晌午

渐渐收敛起光芒

我在人间

躺在河畔的草地上

享受落在身上的阳光

月亮不再倔强

悄悄换上了冬装

你在迷惘外看迷惘

我在迷惘里迷惘

迷惘迷惘的刹那

四叶草把口琴吹响

留给我们半壁江山

最近诗歌赛事频繁

有趣的是评委名单

动不动就说成是整个诗坛

而且还代表了半壁江山

每当此时

我都神情愕然

不知道该如何称赞

只能谢谢你们

给我们留下了半壁江山

三十知止

我不缝补岁月

也不缝补生活

我缝补文化

如碎石缝补青山

如暴雨缝补江河

平静地看潮起潮落

是天行有道的舍得

我穷其一生

努力靠近物我两化的大我

巽　象

风吹叶落

人间刚好在下雪

那肃杀的白

沐浴在金色的火炉

四时交接

人间便泡好一壶春茶

风吹过山麓和山腰

风知道这世间所有的忧愁

也曾想吹走这世间所有的烦恼

一棵不开花的树

时光的河畔

一棵树孤独地守望

枝丫上

落满了岁月的沧桑

理想的种子走进深山

不是为了远离春天

做一棵不开花的树

因为所有的花都配不上它

寂寞是开花的苦瓜

三千大道

我们是自己的世界

胸中有世间的高山

身体流淌着江河百川

地水火风

寂寞是开花的苦瓜

虽然苦涩

也有金灿灿的小花

忧愁落魄的人间行者

在黑夜找寻欢乐

那些遮掩起来的疼痛和苦难

不容易被人觉察

心之浮景

月亮本身不会发光

依旧能把黑夜照亮

树叶本身不会摇晃

也能在天空中飞翔

有人因悲伤微笑

有人因喜悦流泪

心之浮景

遮掩着不为人知的假象

时光追赶着时光

梦往往止于梦乡

这又哭又笑的人生

这静静的夜晚静静的风

浮生盲遇

浮生以天地为师

日月星辰为学友

乘清风礼拜先贤往圣

当如浩浩宇宙

遇孔子李白杜甫王阳明

见亚里士多德耶稣和但丁

与不知名的隐士

相视一笑

而后开启孤独的征程

奔跑　努力地奔跑

万物容心

思考观察聆听

由一棵树变成一片林

变山变水变永恒的时空

做风景前面的风景

等待后世读懂我的人

在相距八千年的地方

表达对我的喜爱和尊敬

卧　游

把人间置于山水中央

有雾有月有长廊

一幅画把天地隐藏

我有我的烦恼

风有风的忧伤

时间来来往往

我并未遗忘

只是白色的衬衫

在月光里

一点点变黄

雪　游

白色的衬衣

胸前有一朵白色的梅花

坐在山水里想象山水

不仅能想象出一处山水

也能想象出一个世界

广袤无际的大地

收纳了漫天的雪花

雪落在雪曾经落下的位置

等待着下一个冬天

在泥土里生根发芽

冷　镜

风过人间

万物以各种姿态招摇

唯有我淡然一笑

世界是永恒的黑白

内心的花花绿绿

偏离了大道

在喧嚣中喧嚣

在安静的角落思考

春去秋来屡变星霜

有人如高山一般

有人变成了附庸高山的杂草

命 运

追寻心的清静和平安

于一人难比登天

于另一人易若三餐

生命的造化

缤纷多彩气象万千

人生绝非简单的复制

而是在不同的时段攀登不同的山

风来风往四季轮转

既有晴天亦有阴天

既有惊涛亦有微澜

命运是一个人的道德文化修养

命运是人一生的遭遇变幻

命运是与生死相视一笑

命运是后人把前人概括成万语千言

北 人

摘一片黄色的树叶

递给天空

每思念一下

身边便多一颗眨眼的星星

想你

心把自己困在了烟雨江南

迷蒙的雨雾

藏着无尽的思念

心间的潮湿

是他人无法体会的浪漫

冬日已来二十一天

每一块石头都有一段过往

每一滴水也有不同的物之境象

四季轮回

究竟是消亡还是生长

冬日已来二十一天

秋似乎也并未走远

一念风起

它留给大地一树枫叶

以雪花的模样

如同棉衣

裹挟在万物生灵的身上

元　旦

用一天的时间

告别周末月末和年末

深夜缤纷的烟火

是对过往的留恋和不舍

二零二三

有所憾有所得

我们怀揣着不同的心情

致敬旧年的风景山河

元旦　太阳以延长白昼的方式

渐渐地驱散冬日的严寒

二零二四

徐徐展开壮美祥和的迷人画卷

愿人间所求皆如愿

新年可期百事从欢

腊八清粥

日子过得好快

一转眼又是一年

抛去所有的烦忧

锅中温一碗清粥

窗外的雪花

一如碗中的粥

没有多情的莲子

没有相思的红豆

回家过年

身处他乡总是不知道

该如何温暖自己

身边再多欢声笑语

终究是少了些

家乡带给我的熟悉

无数次地背起行囊

向往着远方的美丽

终寻得这世间最美的地方

是生我养我的那片土地

枫林白雪　过年回家

暖阳春草　回家过年

家乡有太多别处没有的欢乐

家乡有太多无法忘却的思念

滕州的年

龙泉广场的大集

微山湖里的全鱼宴

红河湿地的新春灯展

滕州的年美好幸福

让我久久留恋

与家人一起守岁

在欢声笑语中

从昨天到今天

那些远去的日子

藏有许多生活里的甜

生命如涌泉

此起彼伏

以年轮的形式

记录烟火人间

每一次相聚和团圆

虽然短暂

内心的欢喜

在新的一年里无限延绵

河南的年

物阜民安

肥沃的中原大地

丰盈的物产

禹州粉条　商丘焦馇馇

开封灌汤包

吃不完的美味

数不尽的经典

河南的年

值得每一个人体验

锣鼓喧天的舞龙舞狮

震撼人心的盘鼓表演

接连不断的大集庙会

家家户户在游览的同时

把年货备全

蒸花糕　写春联

河南的年

不仅是传统文化的延续

更是人们对美好未来的期盼

大年初一

大年初一

我要早早地起床

向你道一声：新年快乐

街边行道树上的彩灯

比夜空的星星还要明亮

那些有趣或无趣的人间故事

是我们每个人都经历着的生活

回家才有年味

山水相逢

你我皆是过客

我们生来无相无色

天地造化非你非我

衣食简单方可知足常乐

拜年辞

春风吹新了山河

新年迎来了春天

你我互致祝福

把吉祥话说一遍

世间万物美好灿烂

生生不息国泰民安

福如东海寿比南山

新的一年

愿你实现所有的心愿

一桩一桩一件一件

如春天的百花

姹紫嫣红争奇斗艳

四海升平飞龙在天

今年又是一个好年

愿你今后千千年

年年欢喜欢喜年年

应物辞

做事不可盲目自信

人生需要开阔自己的双眼

猛兽不会自困于牢笼

良驹志在驰骋于草原

物欲和贪心

会让一个人变得愚蠢不堪

世间的一切

没有绝对的归属

时异势殊星燧贸迁

人间最美

不是私家收藏的珍贵文玩

是茫茫宇宙中

公而忘私的星辰山川

华盖辞

汗水浸湿了睫毛

遮不住眼中的星光

荷叶撑起纳凉的绿伞

荷花像陪读的书童一样

帆布包里的《史记》

一晌一晌

三国两晋隋唐

问游鱼

是否知晓世间的欢乐与悲伤

游鱼摇尾

吐出串串气泡

似在回应又似迷茫

风过湖面

抬头看向前方

心中憧憬着未知的远航

岁月悠悠时光流淌

梦在心中悄悄地生长

少年的身影

在晨曦中时而模糊时而明亮

滴星辞

阴雨的夜

天空漆黑如墨

今夜无星

星星以雨的形式滴落

辗转反侧寂寞思索

心中的惆怅

无关于人间的悲欢离合

我不知道自己在想谁

也不知道谁在想我

雨淅淅沥沥

由南向北

熄灭了万家灯火

明月坦荡

我感觉这世间

大部分的女人

向往清新脱俗

风雨

未曾让她们心中的明月

有一丝斜照

脚下跌跌撞撞

心中轻松坦荡

明月在渊

头顶是美丽的白云蓝天

脚下踩着的是泥泞深渊

在落锁的庭院里放风筝

风筝在天上兴奋地跳舞

关于文学、生活和爱情

我曾有很多憧憬

脑海也留有童话般的梦境

人生是深夜的远行

我们所有的经历

都可以美其名曰追求光明

夜深人静

将自己的故事讲给自己听

此刻我竟然有点爱上了

这一路的跌宕不平

月亮在北

月亮挂在天上

世人误以为它放任清闲

无所事事

实则它在指挥星辰

洞察宇宙

山河常伴日月

却从未读懂日月

时间通晓万物

却从不轻易逗留

此生目之所及

皆是人间风景

珍惜当下的美好

抛去无所谓的烦忧

在红蓝月亮之间相遇月半弯

如若红月亮是思念

那蓝月亮便是孤单

红月亮对蓝月亮的追赶

是我用思念将孤单点燃

在红蓝月亮之间

我看见月半弯

非红非蓝　不倚不偏

一棵挂满绿苹果的树

每个人的身边

都有一座可爱巍然的山

默默地陪伴

我们沿着染血的山路登攀

未遇荆棘

在更高的位置向更远的地方看

目之所及的美好

皆是父亲的期盼

一棵挂满绿苹果的树

在等待丰收的秋天

父亲给予我们足够的成长时间

目送我们逐梦行远

慈爱温柔的眼睛

载满了语言无法表述的温暖

生活家的诗

以艺术家的状态

走进生活

琐碎的小事

变成了一本迷人的小说

柴米油盐酱醋茶

变成了静美的山河

以生活家的状态

去往艺术的王国

洞察璀璨星河

小心翼翼地思索

终将写出

无愧于天地人心的诗作

柴火里的太阳

捡拾吹落的树枝

烹饪人间美食

藏在柴火里的太阳

有我们不易觉察的美好

慢下来

不是刻意地找寻

与时间赛跑没有必要

抛去所谓的烦恼与焦躁

留下真正的日子

感受欢乐悠闲自由逍遥

向古寻光

岁月的长河悠悠流淌

古老的智慧蒙尘无光

文化如此荒凉

古人一点点地摸索

今人一点点地遗忘

谎言叠加着谎言

假象包裹着假象

求真者心明眼亮

务虚者无知迷惘

众生在欲望的泥沼中沉沦

心若向古

生活便多了些理想与渴望

南浔商贩

落英缤纷的季节

走在铺满野花的小路

去往烟火气息浓郁的地方

看看普通人的春天

那些走街串巷的商贩

如同忙碌的蚂蚁

为生计奔波年复一年

山水一半青绿一半红艳

很多人和事

绝不仅仅是眼中所见

不要问我坚持的意义是什么

坚持本身就是一件很有意义的事

生活有时苦有时甜

明媚的双眼

是大自然藏在人身上的春天

我的诗歌因大地而生

如若一生是一条胡同

诗歌便是堵在胡同里的风

提笔抒情

落笔揽万物于怀中

我的诗歌因大地而生

写雾写云写雨写太空

与众不同

包裹着纷纷尘世所有的梦

关于山川江河

关于芸芸大众

诗若天空瀚海清澈澄明

诗人如大雁

来也匆匆去也匆匆

没有踪迹偶有几声嘶鸣

此声不影响春夏秋冬

却足以点亮夜空的星星

诗人世界的太阳

窗外的雨

落在梧桐树上沙沙地响

我的内心

依旧是晴空万里的景象

诗人的世界多了一个太阳

寂寞的夜

即使只有一只懂事的猫

陪在身旁

诗人也能笑得

像樱桃树叶缝隙里

洒下的月光

诗人冬眠

昨日立冬

天微微寒

诗人以写作的方式冬眠

把美丽的诗留给人间

泡一壶红茶暖胃

不远处的村落里

升起袅袅炊烟

吟诗取暖

向阳处便是春天

隔窗诗人

诗歌是一把无形的利剑

锻造于心间

于彷徨后孤独前

劈开夜的黑暗

那些黑暗里的伪诗人

局促不安

一束光

终结了他们所有的幻想与期盼

沐雨如舟

从天而降的每一滴雨

都有不同的心愿

却落在了同一片土地

人间的迷惘没有意义

清醒地活着

成为最好的自己

青石板铺成的小路

流水湍急

假若积水是一条河

我愿作一叶惬意的木舟

水之所往便是最好的目的地

雨的印记

街头巷尾

伞如流动的繁花

奔跑出命运的长河

雨来人间

冲洗浮世的尘垢

让世界回归初生时的明亮与清澈

人生无常悲喜自渡

雨打花落

展露生命的绚烂和脆弱

雨留在洼地

成为人心渊薮永不消弭的智慧

雨过天晴

深深浅浅的痕辙

勾勒出曾经

雨的印记

如同岁月的琥珀

镶嵌在时光的楼阁

独有的模样

不必在意别人的目光

像飞鸟无视土鸡的仰望

不在同一个高度

自然有不同的心之所向

不必在意外界的评讲

任由他人的眼睛游移打量

坚守心中的梦

如同星辰坚守自己的光芒

不必理会那无端的中伤

不必理会那浅薄的衡量

岁月见证我的执着与顽强

时光雕刻我独有的模样

无惧风雨无畏寒霜

心地光明

可燃烧一切阻碍与迷茫

悲　眠

时光时光

我不停地呼喊时光

不断地哭泣

却发不出任何声响

人间越来越孤寂

路越走越荒凉

回忆如潮水涌荡

思念似秋叶纷扬

孤独的身影在月下摇晃

疲惫的心找不到方向

星光渐远渐迷茫

悲伤在眼睛里

悲眠在心上

人间已然没有你

在夜空的幕布里

看到了往昔

好多的曾经在脑海中泛起

一个转身刹那须臾

人间已然没有你

消逝的流星无处寻觅

留下无尽的孤寂

思绪在冷冽的夜风中肆意飘荡

想你如疯长的藤蔓永不停息

漫长而忧伤的日子

惊觉人生竟是如此的短暂无比

禾下乘凉

五月的田野

从泥土里飘出了稻香

禾下乘凉

是你的梦想

从明天起

碗里的每一粒米

都是世道人心

人间的每一缕炊烟

都是后人对你的怀想

棋忆童年

时光不停地翻阅过往

泪水一次次模糊眼眶

马走日　象走田

外公仿佛还坐在棋盘旁

病痛佝偻了外公的身躯

让他看上去不再强壮

最后一次见面

是外公扶梯而上

看着他拖着沉重的双脚

我不敢相望

背过身

一个人哽咽悲伤

斗转星移　世事沧桑

我想外公一定是

扶着梯子走进了天堂

因爱而哀

时空暂作封存

不见了熟悉的身影

只留下爱

和值得深思教诲

每一双饱含泪水的眼睛

都溢满思念

因爱而哀的我们

只能默默地说

或许那些渐行渐远的记忆

是对生命的致敬和追问

风吹笛响

昨天　就在昨天

很近又很遥远

爱温润着双眼

每滴泪

都包裹着过往的时间

生命有太多的离合悲欢

每天都有不同的体验

岁月一页页地翻

风在天上吹响竹笛

我们在人间深深地想念

天行道

人在天地中

天地在心间

万物化形有长有方有圆

日月星辰江河山川

生命本能因江河而奔腾

人生气运因山川而转换

时间连接着时间

空间套着空间

风行于宇宙止于人间

天行道

道法自然

自然有神明

神而福至神而祸潜

百合，我听你说

——2021 枣庄百合文化旅游活动周主题诗

剪一段天上的虹

播撒在蟠龙河畔

五颜六色的百合

盛开在奚公山前

公元四世纪

先民将百合入药入餐

南北朝梁宣帝

用百合装点江山

可医可食可赏

百合给予人类

生生不息的爱和温暖

风走过窗前

书架上的《本草纲目》

映入眼帘

百合味甘性寒

滋阴润肺　安心定胆

木叶盏里的百合花瓣

宛如银鱼一般

对着窗外的流星许愿

百合入茶　世间平安

餐桌上的百合

美得让人垂涎

百合虾仁滋阴健体

木耳百合美容养颜

百合百宴

是薛城人民

热情好客的体现

也是大自然

对枣庄这片沃土的礼赞

人间真的很浪漫

每一朵百合花里

都包裹着一个响亮的誓言

相爱的人

在月亮下彼此承诺

忠贞不渝　情比金坚

百年好合

是花对爱情的祝愿

花海信步的万千游客

风舞润　乐而忘返

五百亩的百合园

艺术家手绘的长卷

乡村振兴　百业顺遂

农民增收　土地增产

此时人和自然

对未来都多了些向往和期盼

发　声

（一）

一头哑象

用笨重的象鼻

抽打着夕阳

走向远方

（二）

尘雾飞扬

大地一片灰茫

不辨方向

（三）

丛林偏僻　荒凉

匍匐的落叶

窃窃私语

装作并不在意

却悄悄地把过往的路人

打量

（四）

不远处

一个个小小的马蹄印

装满雨水

宛若无鱼的池塘

（五）

深夜的骡群

原地踏步

装模作样

（六）

万马奔腾的草原

不过是黑夜包裹的诱人假象

一群不愿醒来的人自娱自乐

盲人摸象　消遣时光

（七）

凌晨的雨

浇灌着大象

（八）

那棵走向春天的樱桃树

再次长满绿耳朵

流浪归来的火烈鸟

继续流浪

（九）

我听见有人呼唤我的名字

背对着我前进

离我越远

声音越发响亮

（十）

我身边的你

比我还要迷惘

却一点都不紧张

（十一）

星星醒了

大地有了千束微光

月亮躲在云里

鼾声舒畅

（十二）

黑象生了

一头白色的小象

（十三）

天亮了

白色的小象吟诗两行

一行写给母亲

一行赠予时光

浮生奇遇

陈昂

浮生以天地为川市

日月星辰为穹庐

乘清风礼拜先贤往圣

当以造访宇宙

遇孔子李白杜甫王阳明

见苏格拉底尼采耶稣和但丁

与不知名的隐士

相视一笑

而后开启了孤独的征程

奔跑 努力地奔跑

万物容心

思考观察聆听

由一棵树长成一片林

青山青水青永恒的时空

做风景前面的风景

等待后世读懂我的人

在相距八千年的地方

表达对我的喜爱和尊敬

二零一四年三月一日于北京

我把生活忙成了春天

同第二十三颗星星

道一声晚安

抛却白日的琐碎与忙乱

享受夜晚的恬静与悠闲

你说你被生活折磨得疲惫不堪

我说我把生活忙成了春天

早睡早起早餐

花信白云诸泉

在十万盏口味各异的花茶里

寻一朵最娇羞的牡丹

此时生活给予的所有馈赠

都是他日人生百花园里的花冠

陈昂 [印]

二零一八年十月十九日